들길에 바람처럼

들길에 바람처럼

발행일   2024년 5월 31일

지은이   고광석
펴낸이   손형국
펴낸곳   (주)북랩
편집인   선일영   편집   김은수, 배진용, 김현아, 김부경, 김다빈
디자인   이현수, 김민하, 임진형, 안유경, 최성경   제작   박기성, 구성우, 이창영, 배상진
마케팅   김회란, 박진관
출판등록 2004. 12. 1(제2012-000051호)
주소   서울특별시 금천구 가산디지털 1로 168, 우림라이온스밸리 B동 B113~115호, C동 B101호
홈페이지 www.book.co.kr
전화번호 (02)2026-5777   팩스   (02)3159-9637

ISBN   979-11-7224-152-0 03810 (종이책)   979-11-7224-153-7 05810 (전자책)

돌길에 바람처럼

고광석 시집

북랩

차례

제1장 뭉게구름

그리운 사람 … 10

뭉게구름 … 11

사랑과 이별 … 12

즐거움과 그리움 … 13

인공위성 … 14

저녁 바람 … 16

약속 … 17

전어회 함께 먹을 사람 … 18

아직도 너를 … 19

용서하자 … 20

첫사랑 … 22

억새의 바람 … 23

삽살개 사랑 … 24

내가 그리워하는 것은 … 25

따스한 추억 … 26

흔적 … 28

첫사랑을 찾아서 … 29

돌아갈 수 없는 곳에 서서 … 30

우동 한 그릇 … 32

돌아가고 싶습니다 … 33

이별이 끝나고 나면 … 34

사진 … 35

추억을 읽다 … 36

하얀 추억 … 37

그대 무릎에 … 38

제2장 계절이 온다

수련이 핀 정원 … 42

개망초 … 43

봄의 폭발 … 44

골목의 소리 … 45

꽃잎 … 46

덩굴장미꽃 … 47

바뀌지 않는 계절 … 48

첫사랑 … 50

봄비의 편지 … 52

들길 … 53

꽃비 … 54

봄비 같은 사랑 … 55

벚꽃 … 56

새 한 마리 … 57

7월의 농촌 … 58

노숙자들의 걱정 … 60

비안개 … 62

쑥대 줄기 … 63

타인의 세상 … 64

주방 창 너머에는 … 66

가을의 슬픔 … 67

잊힌 여름 … 68

춤추는 코스모스 … 69

노인의 오후 … 70

공원 풍경 … 72

구절초 … 73

슬픈 가을 … 74

곧 겨울이 … 75

가을바람 … 76

가을 냄새 … 77

도시의 가을 … 78

겨울, 따스한 홍법사 국화빵 … 79

계곡의 메시지 … 80

생의 하루였을 뿐 … 81

시인의 산 … 82

플라타너스 … 84

차창에 겨울비 … 85

적막한 공간 … 86

고향으로 가는 길 … 87

겨울비 … 88

다시 봄이 오면 … 90

제3장 생이 부르는 노랫소리

인생이란 … 94

쑥국 … 96

있는 그대로 … 97

졸고 있는 버스 … 98

사는 게 힘들거든 … 99

지구를 떠나서 … 100

되돌아보면 … 101

길 잃은 고라니 … 102

달걀을 사러 가는 길 … 104

무제 … 105

행복의 눈금 … 106

잊고 있었다 … 107

멈춘 시간 … 108

행복한 저녁 … 109

이면 도로의 풍경 … 110

성벽을 걷는 여인(수원화성) … 111

무덤덤 … 112

잔소리 … 113

거리의 나그네 … 114

화초의 봄 … 116

이웃 사람 … 117

시집 … 118

코로나의 위대함 … 119

꿈속 봄빛 … 120

푸른 안개의 속삭임 … 121

생각하는 지하철 … 122

고요한 외로움 … 124

처음 듣는 소리 … 126

인연 … 128

새벽이 오면 … 129

외로움 … 130

허상 … 131

버림 … 132

그럴 이유는 없어 … 133

지나가더라 … 134

버스 정류장 … 135

새해 소망 … 136

하얀 꽃잎 하나 … 137

따뜻한 세상 … 138

수국 … 140

시인 … 141

지켜 주실 거죠 … 142

두려워하지 마라 … 143

기다리는 마음 … 144

술친구는 어디 가고 … 145

물 흐르듯이 … 146

제4장 들길에 바람처럼

꽃반지 기술 … 150
무지개 … 152
할머니께서 … 153
좋은 이름 … 154
하얀 털 여우 … 156
낙화 … 157
손녀 이야기 … 158
그날은 멀어져만 가네 … 160
잊은 생일 … 161
교통약자석의 후보 … 162
삶은 한 조각이다 … 164
방패연 … 166
토끼몰이 … 167
고마운 아이 … 168
위대한 담배를 위하여 … 169
철로 길의 추억 … 170
장례식의 주인공 … 172
좋은 TV … 173
월아산 두방사 … 174
노송 한 그루 … 175
로또복권을 사는 이유 … 176
미안하다 … 177
번식의 의무 … 178
도시의 섬 … 179

그리움의 창 … 180
지하철과 노인 … 181
보릿고개 … 182
기다림 … 183
단 하나의 추억 … 184
죽음을 맞으러 … 186
심장 없는 나무 … 187
또 하루를 더 살아 … 188
내일이 지구의 마지막 날이라면
                                    … 189
낙엽의 알림 … 190
사라진 자주색 꽃 … 191
어머니의 기억 … 192
풀꽃의 기적 … 194
들길에 바람처럼 … 196

제1장

뭉게구름

그리운 사람

그리운 사람이 있었네

그리운 사람과 걷던 거리, 저녁노을
노래 가득 흐르는 카페가 있었네

거리를 스치는 사람들 속에서
그리운 사람의 향기가 코끝을 스치네

그리움은 잊음의 시작

하지만 잊지 못할 추억들은 물밀듯 밀려오고
잊지 않으려 안달할수록 등에는 소름이 돋아나
시드는 가을잎처럼 그리움은 더욱 깊어만 간다네

뭉게구름

냇물에 발 담그고 큰누나랑 바라보던
하얀 뭉게구름이 아니다
풀잎 씹으며 모양을 만들던 솜사탕도 아니다

오랜 시간 떠돌다 지쳐 돌아온 나에게
회색 도시의 창으로 비치는 구름은

추억과
꿈과
그리움
그리고 산산이 흩어진 상처다

그때의 그 뭉게구름을 만나려면
오늘도 사람 드문 마을 어귀에서
저무는 하루를 세고 있을
큰누나를 찾아가야 한다

사랑과 이별

사랑,

심장이 터질 듯 아파할 거였으면
하지 말았어야지

가슴 시린 이별은 또 어찌하려고

즐거움과 그리움

나보다
먼저 세상을 떠난 사람들을 생각하면
나는 오늘 미치도록 즐거야 한다

사랑하는 사람들의 따스한 미소
그리운 친구들의 웃음소리를
나는 오늘 미치도록 그리워해야 한다

인공위성

하늘에 가득 빛나는 별을 보았다
그것은 반짝이는 인공위성이었다

달나라로 향하는 인공위성들은
희귀 광물을 채굴하러 간다네

달에서 광물을 채굴하면 부자가 되겠지
달은 작아지겠지 자꾸만 작아지겠지
보름달이 초승달이 되겠지

들길에 바람처럼

부자가 되는 만큼 달의 중력은 약해져
지구는 빨리 돌아가겠지
팽이처럼 빨리 돌아가겠지
부자와 가난뱅이가 모두 어지러워지겠지

오늘도 인공위성은 하늘로 날아오르네

저녁 바람

너의 눈빛을
너의 속삭임을
너의 냄새를

쓸쓸한
저녁 바람이 쓸고 가 버렸다

이별 뒤의 망각

약속

공원에서 나무에 매달려 거꾸로 세상을 보았다

맑고 푸른 하늘이 나뭇가지 사이로
막 쏟아져 내린다
저러다가 하늘에 뜬 별들이
쏟아지기라도 하면 어쩌나
그럼 달도 해도 함께 쏟아져 내리겠지

그때야 나는 사랑하는 이들에게 한
약속을 지킬 수 있다
별도 달도 따줄 만큼 사랑한다는 말을

전어회 함께 먹을 사람

상점 창문에 '전어회 개시'라는 간판이 걸려 있어
전화를 걸었다

'나 지난여름부터 아파'
'지금 해외여행 중이야'
'이 전화번호는 연결되지 않는 번호입니다'

그들과 나누었던 즐거운 순간들이 떠오르며
술잔에는 파란 외로움이 찰랑거린다

아직도 너를

잠시라도
너를 잊은 적이 없다

하루라도
너를 기다리지 않은 날이 없다

쓸쓸한 골목길을 거닐며
희망이라는 꽃송이를 품에 안고서

용서하자

우리는 매일 아침
어둡고 차가운 슬픔을 전하는 부고를 기다립니다
오늘도 누군가가 이 세상을 떠나야 하기 때문입니다

부고를 받은 순간
그와의 불편했던 기억들이
마치 밀물처럼 떠오릅니다
후회와 아쉬움에 휩싸인 우리는
지난 시간을 되돌아보며 눈물 흘립니다

그럴 거였으면
그렇게 후회할 거였으면,
이런 생각들이 떠오르지만
이제는 후회할 시간조차 없습니다

부고를 받기 전에 그를 용서해야 했습니다
그를 안아 주어야 했습니다.

첫사랑

첫사랑은 나이를 먹어도
잊히지 않아

첫사랑은 그리움이고
심장 한구석에 자리한 종양이 되었다

억새의 바람

바람은 언제나 억새를 쓰다듬어
어느새 억새는 목이 굽었다

지나던 나비는
굽은 억새 등에 앉아 잠시 쉬어가지만
덩치 큰 참새는 차마 앉지 않는다

목이 굽은 억새가 기다리는 것은
하얀 눈보라와 함께 올 그리움인데

오늘도 거센 파도처럼 바람은 불어오지만
바람은 억새의 바람을 들어주지 못하고

억새는 조용히 고개를 숙일 뿐

삽살개 사랑

덩치 큰 아이에게 매달린 작은 손 어머니

어머니는 아이의 걸음에 발맞추려 애를 쓰지만
늘 그랬던 듯 즐거운 아이는 힘차게 걷는다
'천천히 가자'
어머니의 부탁에도 아이는
속도를 줄일 생각이 없고
아이의 손을 꼭 잡은 어머니의 이마에는
땀방울이 송송 맺힌다

나는 과연 내 아이들을 저만큼
꼭 잡고 사랑했을까
삽살개처럼 곁에 있던 아이들이 보고 싶다

내가 그리워하는 것은

내가 그리워하는 것은
그리운 사람도 떠나간 사람도 아니다

내가 그리워하는 것은
내가 떠난 뒤 남겨질 것들에 대한
아쉬움이다

따스한 추억

고마운 사람

작은 농담에도
깔깔대며 내 어깨를 때려주던 사람

참
그리운 사람

내 어깨에 살포시 기대어
꿈을 꾸던 사람

9월의 마지막 날이 오기 전
선인장 화분에 내리쬐는 부드러운 햇살처럼
지친 내 어깨를 감싸는 따스한 바람처럼
잊힐 그 사람,
미소가 예쁜 한 사람을 그려봅니다

지친 기억이 사라질 때까지

흔적

배꽃 향기 가득한 달빛 아래
나를 떠난 사람의 흔적을 찾아 들길을 걷는다

술에 취해 이별의 아픔에 취해
끝 모르게 이어지는 들길을 걷다 보면

들길에는 쓰르라미, 들길에는 반딧불이
부엉이는 쓸쓸히 노래 부르고

나는 그저 텅 빈 이별의 흔적을 따라
배꽃 향기 가득한 들길을 걷는다

들길에 바람처럼

첫사랑을 찾아서

나는 누군가의 첫사랑이었을까

세월이 흘러도 그리운 사람이었을까
한번은 스치듯 보고 싶은 사람이었을까
겨울비 내리면 불현듯 생각나는 사람이었을까
뒷모습이 닮아 발걸음을 멈추기라도 한
사람은 아니었을까?

나의 첫사랑 그녀의 첫사랑 그 남자의 첫사랑,
거리에는 첫사랑이 가득하다

돌아갈 수 없는 곳에 서서

끊임없는 소리가 소리를 지워
도시에는 내가 듣고 싶은 소리가 들리지 않는다

풀벌레의 속삭임 송아지의 울음
우주에서 별이 떨어지는 소리,
그 소리를 듣고 싶어 밤새 뒤척이면
어느새 나는 소리를 잃어버린
도시의 사람이 되어 있다

버거운 삶에 짓눌린 피부가
회색의 도시에서 새어 나는 냄새를 삼켜 버려
나는 도시의 냄새를 맡지 못한다

그런데도 나는 푸른 여름날 소낙비 쏟아질 때
가문 대지에서 솟아나는
싱싱한 흙 내음을 애써 기억하려 한다

들길에 바람처럼

콘크리트 틈새로 잠시 삐죽해 반가운 꽃은

꽃이 아니라

참새들 무리 지어 날고

산골짜기 바람이 들녘에 퍼질 때

그때

풀숲에서 피어난 꽃이야말로 진실한 꽃이다

하루에 지친 석양이

인파 가득한 골목 귀퉁이에 붉게 내려앉는다

아!

언제야 나는 그곳으로 돌아갈 수 있을까

우동 한 그릇

손님이 오시면 어머니는 언제나
'우동 한 그릇 시켜 주어라'
나에게도 언제나
'우동 한 그릇 시켜 먹어라' 말씀하셨다

지금 생각하니
그때 어머니는 우동을 드시고 싶었던 거다
언제나 한 그릇 시키라 하셨지만
중국집 주인이 한 그릇 배달은 싫어할 테니까

돌아가신 지 벌써 10년이 지난 지금에야
나는 알아챈다
어머니가 우동을 좋아하셨다는 걸

들길에 바람처럼

돌아가고 싶습니다

나 이제 돌아가고 싶습니다

냇물에 잠긴 까만 돌에는
덕지덕지 다슬기 살고
잠자리 아슬아슬 풀숲으로 비행하는 곳
가을 햇살이 들판에 내려와
풀잎은 점점 계절에 물들고
들길에는 코스모스, 억새가 춤을 추는 곳입니다

아! 눈물이 나려 합니다
하염없이 그곳이 그립습니다
늦기 전에 나는 그리운 그곳으로
돌아가고 싶습니다

이별이 끝나고 나면

이별이 끝나고 나면,

따사로운 햇살이 내리는 창가에 기대어

곤히 잠들고 싶다

들길에 바람처럼

사진

사랑하는 사람과 산길을 걷다가
지나는 사람에게 사진을 찍어 달랬다

10년이 지난 어느 날
우편함에 사진이 도착했다

지나는 사람은 사진 속 여자를 사랑하게 되었고
사진 속 사랑을 빼앗기기 싫어
여태껏 사진을 간직하고 있었다고 한다

이제 사진처럼 바랜 사진 속 사랑을
잊기로 했단다

추억을 읽다

휴대폰을 꺼내어
저장된 사진 속 추억을 읽어보니

그리움이
파란 술잔에 뚝뚝 떨어진다

하얀 추억

눈처럼 하얗게 쌓인 추억이 있어
고향 하늘을 그려 보면
산은 들판은 집들은
아직 눈에 묻혀 일어나지 않는다

눈처럼 하얗게 쌓인 추억이 있어
친구를 찾아 고향 마을을 그려 보면
멀리서 소 울음소리는
친구의 소식을 전해주지 않는다

눈처럼 하얀 추억은
눈처럼 하얗게 쌓여서 자꾸만 그리워지는데

그대 무릎에

그대 무릎에 누운
따스한 햇살이 되고 싶다

오늘 밤 그대가 보고 싶으면
따스하게 그대 이름을 불러보고 싶다

들길에 바람처럼

제2장

계절이 온다

수련이 핀 정원

맑은 빗방울이 수련 잎에 부딪혀 춤을 춘다

산 정상에 드리운 안개

작은 참새가 풀숲 사이로 날아다니고
연못 귀퉁이 노란 수선화는 풍경을 보며 웃는다

수련과 비와 안개
참새와 함께하는 평화로운 하루

들길에 바람처럼

개망초

개망초 노란 꽃잎에
새벽이슬이 맺혔네

개망초

너도 밤새 그리움에 눈물 흘렸구나

봄의 폭발

푸른 잎을 벗어 던진 개나리는
눈부신 노란 꽃잎으로 몸을 꾸몄네

목련과 벚꽃도 꽃망울을 터뜨리고
지천에 흩어진 야생화도 분주하게 피어나네

으아!
이대로 온 세상이 꽃에 묻혀 버리지나 않을까

다행히 진달래는 아직 참고 있다네

골목의 소리

초등학교 운동장에서 떠드는 소리
나무 사이를 나는 참새 소리
중고 냉장고 산다는 소리
고장 난 컴퓨터 팔라는 소리

골목에 찾아오는 정적

오후에 봄비 내리면
목련에 꽃망울 이는 소리

꽃잎

봄바람에 흩날리는 꽃잎처럼
순식간에 사랑에 빠질 수 있다면

나는 설렘 가득한 마음으로
창문을 활짝 열어

하늘 가득 날리는 꽃잎을 맞으리

덩굴장미꽃

매년 봄
붉게 타오르는 덩굴장미가
담장을 따라 퍼져 나갑니다
오래도록 피어 왔고
오래도록 피어 있을 것 같습니다

사랑하는 소녀에게 한 아름 꺾어
가슴에 안기겠습니다
하지만 돌아온 봄날에
붉은 장미 한 아름 안고 그녀는 떠나갔습니다

붉은 꽃잎 사이로 그녀의 얼굴이 어른거립니다

내년에 다시 봄이 찾아오면
담장에 덩굴장미는 한 아름 다시
피어날 것입니다

바뀌지 않는 계절

버드나무 가지에 노란 순이 돋는 걸 보면
또 봄이 오는 모양이다

나는 바뀌는 계절이 싫다
계절이 바뀌면 내 모습도 바뀌어야 한다
옷도 다른 걸 꺼내 입어야 하고
모자도 장갑도 바뀌어야 한다
사람들도 바뀐 채 만날 것이다

너무나 오랫동안 바뀌는 계절이 싫었다

마냥 포근한 햇볕이 살며시 스미는
오후가 짧은 지금의 계절에 살고 싶다

그래서 나는 바뀌지 않는 계절이 오기를
매일 기도한다

첫사랑

청춘의 설렘은 청매실 향기처럼 피어나고
사랑은 눈부시게 내 품에 찾아왔다

그 봄날에
백 겹으로 참아낸 내 사랑은 천둥소리에 터지고
동백은 검붉게 피었다

피어나려는 사랑은 너무나 검붉어
자꾸만 대지로 돌아가려 하지만

보내기 싫어

잊히기 싫어

들길에 바람처럼

먼 훗날 추억으로 남겨두기 싫어

빗물 하나에 꽃잎 하나
짧은 사랑은 허망한 봄비에 스러져 갔다

봄비의 편지

스무 살이 될 때까지
봄비 내리는 이유를 알 수 없었네

봄비는 엄마가 그리워 우는 아이의 눈물일까
겨울잠에서 깨어나는 목련을 위한 부르짖음일까
가뭄에 쪼들린 농부의 기도에 응답하는 선물일까

스무 살이 되어서야 봄비는 속삭였다
보고 싶은 사람이 보내는 따뜻한 편지일 거라고

봄비가 내리는 날 나는 아련한 그리움에 젖어
봄비가 보내온 편지를 읽어본다

들길에 바람처럼

들길

들길에는 붉게 타오르는 패랭이꽃 한 아름
꽃잎은 하늘하늘 나에게 속삭인다
모르는 척 지나치지 말아요

들길에는 노란 태양처럼 빛나는 민들레 한 아름
곁에서 따라 핀 제비꽃도 속삭인다
무심한 척 지나치지 말아요

들길에는 꽃이 된 봄이 조용조용 속삭인다
모르는 척 무심한 척 지나치지 말아요
이 아름다운 순간을 함께 느껴 보아요

꽃비

꽃비가 내려와 낙엽 속에 숨었다
파란 개구리가 따라서 숨는다

산속 깊은 계곡

한 그루 벚꽃잎이 흩날린다
숲은 곧 파랗게 피어날 것이다

봄비 같은 사랑

한 방울 봄비라도 맞으면 안 되는
우리 사랑

오동잎 우산 만들어 우리 사랑 지켜 왔는데
오동잎 마른 잎 되어
너의 얼굴 잊히고 내 사랑 떠나면
다음 해에 봄이 찾아온다 해도
나는 기뻐하지 않을 테다

어느 날 훌쩍 봄비 따라가지 마라
내가 가진 건 오직 봄비 같은 사랑

벚꽃

겨울이 가기 전에 피는 꽃은 닮지 않기를

매화에 뒤질까 목련에 뒤질까
이파리 옷은 벗지도 않은 채 꽃부터 피웠구나

서둘러 피어 독차지한 사랑을
질투에 눈먼 봄비가 흩트릴까 두렵다

벚꽃

새 한 마리

장대비 소리에 흠뻑 젖은 여름날 아침,
방범창의 작은 구멍으로 새 한 마리가 날아들었다
노란 깃털로 빛나는 아름다운 새는
거실과 방들을 오가며 고양이에게 쫓겨 다닌다
처음 보는 작은 새는
나와 함께 숨 막히는 콘크리트 감옥에 갇혔다

나는 언제나 자유로운 전원으로 탈출을 꿈꾸는데
바보 같은 새 한 마리가 나를 찾아왔다

아름다운 작은 새야
네가 다시 하늘을 향해 날아오를 때
나도 너를 따라갈 수 있으면 좋을 텐데

7월의 농촌

7월의 지친 뙤약볕 아래
맥없이 흔들리는 오동잎 무리

물결에 일던 바람도
고추잠자리 나는 소리에 동작을 멈춘다

강을 따라 늘어선 백양목에 숨어 우는
시끄러운 매미는 언제쯤 울음을 그칠까
매미가 울음 그치면 어제처럼
엄마가 큰 소리로 부를 텐데

강가에서 뛰어놀던 아이들은
밥 먹으러 오라는 엄마의 목소리를 기다려 보지만

7월의 농촌은 고요하기만 하다

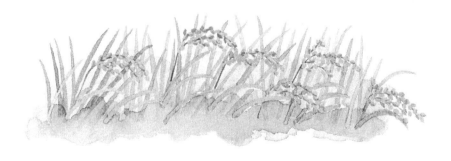

노숙자들의 걱정

빨간 플라스틱, 파란 플라스틱
나무 걸상과 한 사람은 바위 턱

일본의 핵 발전소가 파도에 먹혔대요
그럼 핵도 터지고 물도 넘친 거예요?
핵은 이차대전 때 터졌고 핵 발전소가 물에 잠겼대요
아… 그랬구나

어딘가는 지진이 나서 몇만 명이 죽었다고
뉴스에 나오던데 어느 나란지 잊어먹었네요
그런 건 잊어버려도 돼요

들길에 바람처럼

올여름이 타오르면 에어컨 요금이 많이 나오겠지요
전기료 말이지요?
우리야 그늘에 있으니까 괜찮은데
집에 갇힌 사람들이 걱정이지요

올해도 홍수가 나면 우리 의자가 또 떠내려갈 텐데
다른 다리 밑으로 옮기는 게 어떨까요?

우리보다 지구가 더 큰일이에요

비안개

비안개가 산 중턱에 뚫린 터널에 잠겼다

혼자,
터널을 지나면서 두려움이 밀려온다

생을 살아가면서
두려움으로 가득한 터널을 지나는 시간은
언제나 있었다

비안개 가득히 내려앉은 날
우리는
생의 불빛을 찾아서
두려움이 가득한 터널을 지나가야 한다

쑥대 줄기

지난 가뭄에 까맣게 탄 쑥대 줄기가
지천에 흩어진 개망초를 보듬었길래
늦은 장맛비 내리는 날 그만 놓아주라 소리쳤지만
쑥대는 아니라며 고개 저었다

사랑했던 그대 내 곁을 떠나갈 때
타버린 가슴에 비 내려 달라며 애원했지만
긴 머리 질끈 묶은 하얀 수건 나풀대며
그대는 떠나가더라

키 큰 쑥대가 개망초 하얀 꽃술에 입 맞추는 날
하얀 수건 나풀대며 그대는 돌아올까

내 가슴에 그리움은
키 큰 쑥대처럼 까맣게 타고 있는데

타인의 세상

등받이 높은 흔들의자에 기대어
초원에 물든 황혼을 바라본다

산들바람이 언덕을 타고 스쳐 지나
들꽃 향기 가득한 공기를 전해주면
타인의 세상에서 살아온 나의
흔적을 회상해 본다

옛 골목길에는 눈 내리기 전의
서늘한 실비가 내리고 있었다
비는 바람을 일으키며 골목을 적셨고
젖은 골목길은 차갑게 식어 갔다
비 냄새를 머금은 공기는 여행지에서 만난
사람의 뒷모습처럼 낯선데
바로 타인의 세상에서 살아온 나의 모습이었다

타인의 세상에서 나는 타인을 위해 허덕거리며
타인의 모습을 닮아 갔고
나는 결국 타인처럼 낯선 사람이 되었다

초원에 물든 황혼은 잊으라 하는데
타인의 세상을 잊으라 하는데
이제야 나는 겨우
옛 골목길에 내리는 서늘한 햇살을
추억으로 그려 본다

주방 창 너머에는

주방 창 너머에는 은행나무 한 그루

나는 오늘도 떨어지는 잎을 하나씩 세어본다
하나, 둘, 셋, 넷, 다섯. 오늘은 그만 떨어지려나

남겨진 잎들은 계절의 흔적이며 나의 동반자
바람에 실려 간 그들은
이제 내 기억 속에서도 사라질 것이다

내일은 떨어지지 마라
계절이 갈 때까지 함께하기로 약속하지 않았느냐

주방 창 너머로 은행잎 하나 떨어져 내린다

가을의 슬픔

사람들이 가을을 밟고 지나간다
가을을 밟으면 소리가 난다
가을이 아파하는 소리

아픈 가을을 만나면 우리네 마음도 아프다
누군가 슬픈 가을을 위로해 주어야 하는데
아무도 가을에 다가가지 않는다

이끼 낀 낡은 골목 벽을 올라가는 담장이가
가을을 부르지만
가을은 대답이 없고 담장이는 지쳐서
그만 붙잡은 손을 놓치고 만다
좁은 골목에는 쓸쓸함에 젖은 가을이 뒹군다

가을이 바람에 날린다

잊힌 여름

베란다 창문으로 가을바람이 불어 들어와
화분 속 화초들이 오후 내내 시들고 있었다

가시 많은 선인장은
태풍 때 바람에 맞아 비스듬히 누웠다

빗물에 젖은 허브는 향기를 잃었고
매달린 깻잎은 바람에 흩날리고 있었다

지난여름
나는 뭐가 그리 바빠 그들을 돌보지 못했을까
이러다가 가을마저 시들어 버리면 어쩌나

춤추는 코스모스

코스모스 여덟 잎을 가을바람에 실어
하늘로 날려 보내면
하얀색 분홍색 빨간색 꽃잎들이
파란 하늘에서 놀고 있는 하얀 구름 조각들과 만나
즐거운 하루를 보낸다

그러면
들판에서 눈부신 노란 잎을 자랑하는 은행잎도
산자락에 앉아 가지각색으로 피어난 국화꽃도
잡초들과 어울려 살아가는 들꽃마저도
가을이 끝나기 전에
저 먼 하늘을 향해 날아야 한다

생애 남은 단 하루만이라도
환희의 노래를 불러야 한다

노인의 오후

한 노인이 오후의 따스한 햇살을 받으며
냇가 나무 의자에 깊이 잠겨 있습니다

마른 버들잎이 중력에 버거워 그의 어깨 위로 떨어지고
작은 물고기들이 튀어 오르고
청둥오리가 파장을 일으킵니다

그러나 노인은 움직이지 않습니다
그는 어제도 움직이지 않았습니다
그리고 그 전날도

그의 피부는 주름이 졌고
그의 눈은 흐릿하고
그의 머리는 희어졌습니다

들길에 바람처럼

사람들은 그의 정체를 알아보지 못합니다
모르는 척하니까 알지 못하는 겁니다
냇가의 오후는 오롯이 노인만의 쉼터입니다

공원 풍경

까마귀 울음소리에
여름 내내 나뭇가지에 매달려 있던
나뭇잎이 떨어진다

공원 바닥은 금세 낙엽으로 뒤덮이고
청소부들이 낙엽을 쓸어 모아 트럭에 실어간다

오늘도 공원의 가을은 트럭 한 짐으로 떠나가고
새로운 겨울을 기다린다

가을은 떠나고 겨울이 찾아오면
공원은 텅 비어 조용히 겨울잠을 자고
흩어진 나뭇잎은 어딘가에서
새로운 봄을 기다릴 것이다

　　　　　　　　　　들길에 바람처럼

구절초

시들어 날 선 억새도
한 떨기 빨간 코스모스도 마저 보듬어
무리 지어 누운 구절초야
너는 참으로 아름답구나

무리를 지었기에 너는
따가운 여름을 따스한 가을 햇살로 바꾸었구나

우리도 너처럼 무리 지어 살 수 있다면
너처럼 따스하게 사랑하며 살아갈 텐데

슬픈 가을

나뭇잎 떨어지는 소리
쓸쓸한 바람 소리
가을이 오는 소리

가을은 마치 이별의 노래처럼
슬픈 계절이야

기러기는 북쪽으로 날아가고
하늘은 무심한 척 파랗기만 하고
사람들은 가을이면 떠나고 싶은 마음에
잠 못 이루고

맞아
가을은 슬픈 계절이야

곧 겨울이

생명을 다한 나뭇잎이
후드득 떨어져 내린다

파란 하늘에서

곧 겨울이 떨어질 것이다
함박눈처럼

가을바람

가을바람에 노을이 진다

노을에 실려 가는

너의 얼굴을 보고 싶다

너는

형체도 없는 그리움

가을 냄새

가을은 낙엽 타는 냄새를 타고 찾아온다

가을 냄새를 따라 무심코 걸으면
어느덧 누군가 그리워 기다리는 여인에게
가을은
아름다운 풍경을 선물한다

여인은 그리운 사람의 냄새를 찾아서 걸어
그리움을 기다린다

하지만 풍경은 여인이 기다리는 사람을
데려다주지 못하고
여인이 그리워하는 추억을 되살려 주지 못하고
여인은 또다시 낙엽 타는 냄새를 기다려야 한다

도시의 가을

그대여
도시에 가을이 온 듯하지만
아직 진정한 가을은 아닙니다

화려한 단풍 맛있는 열매
사랑하는 사람들의 노랫소리가 울려 퍼지던
그 옛날 그대와 같이했던 가을의 기억은
아직도 생생하게 남아 있습니다

도시에서 그대는 작은 화분에 선인장을 심었습니다
선인장은 봄과 가을의 변화를 몰라
스스로 계절을 만들어 가는 듯 자주 꽃을 피웁니다

그래서 저는 그대처럼
도시에서 사라진 가을을 찾으려 하지 않습니다
도시는 처음부터 가을을 잊었으니까요

겨울, 따스한 홍법사 국화빵

겨울 찬 바람이 휑하니 불어 대는 홍법사 마당에는

김이 모락모락 피어나는 국화빵
노란 꽃잎처럼 피어나는 국화빵
뜨거운 팥소에 데일 뻔한 국화빵,
겉은 바삭 속은 촉촉 여덟 개에 2천 원

따스한 미소를 담은 자원봉사 보살의 볼은 빨갛다
국화빵을 기다리는 아이들의 볼이 빨갛다

부처님 국화빵 잘 먹을게요

계곡의 메시지

푸르게 얼어붙은 깊은 계곡에 앉아
작은 돌멩이를 주워 얼음을 두드리는 사람이 있다
깨지지 않는 얼음 아래로
쉬리가 송사리가 어름치가 놀라서 파닥댄다

사람이
짱돌을 들어 얼음을 내리치면
굴참나무 둥치에 매달려 둥지를 짓고 있던 딱따구리가
동작을 멈추고 숲의 동태를 살핀다
계곡은 태초 이래 처음으로 공포에 휩싸였다

사람은
세상의 공포로부터 도망쳐 와 혼자가 된 인간이다

생의 하루였을 뿐

낯선 도시의 지붕으로 낯선 눈이 내려와
도시는 하얗게 얼었고
우리네 시간도 하얗게 얼어버렸다네

사람들은 얼은 시간이 녹아
도시가 살아나기를 간절히 바라지만
하… 아!
얼어버린 시간은 녹지 않고
초조한 눈송이만 쌓여 갑니다

하지만 애태우지 마세요

오늘은
먼 훗날 언젠가 이미 지나간 생의
하루였을 뿐이랍니다

시인의 산

시인이 내려다본 산은 쉬고 있었다
오래도록 쉬고 있었다
눈 덮인 산을 내려다보는 시인의 눈빛은
산의 고요함에 젖어 있었다
고라니 토끼 산새 무리가
조심스레 밟고 지나가도 산은 깨어나지 않았다

산에는 눈이 내렸다
작년에도 재작년에도 천 년 전에도

겨울이 한 번도 거르지 않고 찾아왔기에
눈은 하얀 깃털처럼 산야에 흩어져 잔설이 되었다
시인의 망막에 영원히 기억되었다

나뭇가지가 얽힌 사이로 다시 눈보라 일면

산맥은 오랫동안 잠들 것이다

시인의 마음속에서

플라타너스

한적한 시골의 신작로에 늘어서서
묵묵히 세월의 흐름을 지켜보는 플라타너스는
그 길을 지나는 모든 영혼을 기억하고 위로해 준다

플라타너스는 수많은 영혼의 이야기를 간직하며
쓸쓸한 바람 소리를 울려 속삭이듯 겨울 노래를 부른다

나뭇가지에 앉아 플라타너스의 노래에
귀 기울이는 부엉이

밤마다 부엉이는 플라타너스의 속삭임을
길을 지나는 모든 영혼에 알려준다

차창에 겨울비

차창에는 겨울비 흩뿌리는데
비장하고 구슬픈 러시아 민요가 귀를 적신다

젊은 시절 술잔을 나누며
사랑을 노래하고 이별에 눈물 흘리던
소중한 시절을 함께한 친구들이 그리워진다

그들은 어디에서 술을 마시며
그들은 어디에서 저 노래를 듣고 있을까

차창에 겨울비가 노래를 부른다

적막한 공간

검은 공중에
빗금 긋듯 싸늘한 눈발이 쏟아져 내린다
깊은 산중이다

휘파람 소리를 내던 새 한 마리가
적막의 공포를 남기고 어디론가 숨어 버렸다

공간에는 단지 우주와 나만 남겨졌다
숲이 소리를 내지 않으니 우주도 소리를 내지 않는다
눈발은 숲으로 쏟아져 내리며 열심히 소리 지르는데
나는 듣지 못한다

우주는 모든 소리를 삼켜버렸다

깊은 산중이다

들길에 바람처럼

고향으로 가는 길

솔잎 내린 산길에 아침이 왔지만
하얀 이슬에 마취된 숲은 깨어나지 않는다

그때쯤 나는
알던 사람들이 모두 떠난 고향으로 돌아간다
밤새 얼어서 들뜬 땅의 표피를 지르밟기도 하고
가녀린 억새 잎 훑어도 보고
하릴없이 나뭇가지를 꺾어 들기도 하면서,

지금쯤 고향은 겨울 냄새처럼 나를 잊고
내 추억도 지웠을 것이다
대나무 이파리를 스치는 바람과 같이,

그러면 나는 어느덧 낯선 사람이 되어
저린 마음 안고서 고향으로 돌아간다

겨울비

12월의 겨울비가 쓸고 간 공원
시간은 공중에 흐르는 공기를 기억한다

늙은 나무에서 떨어진 붉은 잎 하나가
무력하게 길바닥에 깔리면
나를 사랑한 여인이 주절거리던
유럽 여행 이야기를 되새김질해 본다

늦게까지 불 켜진 카페를 찾을 수 없어
내가 한 부탁을 들어줄 수 없었다고 한다
겨울비 내리고 난 늦은 밤
유럽의 오래된 골목에
불 켜진 카페의 사진을 보고 싶었다

들길에 바람처럼

사라진 시간의 흔적처럼 어설프게 떠다니는
붉은 석양의 구름 무리
그녀는 그런 풍경의 사진을 잔뜩 보내 주었다

아! 하늘에는 벌써 초승달이 떠오르고
나의 추억도 이제는 붉은 구름 무리에 묻혀
점점 흐릿해진다

다시 봄이 오면

꽃잎
너는 시들어도 아름답구나

꽃잎
시든 너의 모습은 나의 그리움

너를 말려 차로 마신들
내 그리움이 잊힐까

다시 봄이 오면
다시 피어날 너는
마른 나의 그리움을 적셔 줄 수 있을까

들길에 바람처럼

제3장

생이 부르는 노랫소리

인생이란

하늘은 푸른데 텅 빈 마음이었다
인생이란 무엇일까
어떻게 살아가야 할까

벅차오르는 질문들에 머리가 터질 것 같아
나는 창문을 깨고 길을 나섰다

대나무 우거진 강변을 따라 걷다가
황홀한 노을을 만났다
노을은 내 질문에 대답하지 않았다

숲이 우거진 산길을 걷다가
침묵에 잠든 어둠을 만났다
어둠도 내 질문에 대답하지 않았다

들길에 바람처럼

어둠 속 산길에서 등불의 행렬이 나타났다
그리고 등불은 마침내 대답해 주었다

인생은 노을처럼, 어둠처럼, 등불처럼
그렇게 살아가는 거라고

쑥국

들 자락에 웅크려 쑥을 캐는 여인은
한 바구니 쑥을 안고 집으로 돌아간다

저녁상에 도다리쑥국을 끓여 올릴 생각에
가슴이 설렌다

일 마치고 돌아온 남편은
코끝을 스치는 파릇한 쑥 냄새에
느긋한 미소 지으며
소주잔부터 챙길 것이다

있는 그대로

가파른 산자락에 허리 굽은 소나무는
그대로가 아름답다

그늘진 담벼락에 담백하게 피어 있는 민들레는
또
그대로가 아름답다

자연의 모든 건 그대로가 아름다워
나도 있는 그대로 아름답게 살아가리라

졸고 있는 버스

거리의 불빛을 모두 삼킨 아스팔트 위를
버스는 졸음을 키우며 힘겹게 달려간다

일에 지친 아주머니
학원을 마친 수험생
술에 취한 아저씨
수다를 떨다 늦어진 아가씨
운전대를 잡은 기사 아저씨까지
모두 각자의 생각에 잠겨 중얼거린다

빈 좌석에는 온기가 점점 식어간다

늦은 밤
졸음에 싸인 버스는 귀소본능에 의지한 동물처럼
자신의 보금자리인 종점을 향해 힘겹게 달려간다

사는 게 힘들거든

사는 게 힘들거든
죽을 만큼 힘들거든
하늘을 올려다보고 펑펑 울어보아라

펑펑 울어도 힘들거든
새파랗게 질리도록 울어보아라

지구를 떠나서

새벽녘에 지구를 떠났다
되돌아보니 푸른 지구가 점점 작아져 간다

끝없이 펼쳐진 우주에서
이제 누구의 간섭도 없이
나는 나만의 길을 걸을 수 있다

나는 갑자기 행복해졌다

들길에 바람처럼

되돌아보면

되돌아보면

나의 인생은 왠지 쓸쓸했던 것 같아
큰 소리 내어 '하하하' 웃어 본 기억이 없어

길 잃은 고라니

강변 갈대숲에서 고라니 한 마리가
길을 잃어 헤매고 있습니다

빈약한 갈대숲은 고라니에게 길을 내주지 못해
무한히 흔들리기만 하고
강변을 거닐던 사람들의 발걸음을 멈추게 합니다
지나가던 차들도 속도를 줄이고
창밖으로 고개를 내밀어 갈대숲을 지켜봅니다

세상의 모든 눈은 고라니를 찾아 쫓고
고라니가 길을 찾아 숲으로 돌아가는지
초미의 관심을 보여 줍니다

하지만 어느 순간 사람들은

자신들도 생의 길을 잃어버린 사실을 깨닫고

관성에 의지해 다시 발걸음을 재촉합니다

달걀을 사러 가는 길

냉장고에는 달걀이 없다
단백질을 보충해야 한다
6:00
가파른 골목길을 내려간다
건널목을 건너려고 두리번거린다

총총 출근하는 사람들
전동 킥보드로 쌩 달리는 여학생
그녀의 머리칼이 휘날린다
교차로에서 차가 빵 한다
여학생은 아직도 달린다

아슬아슬 건널목을 건너야 한다
냉장고에는 달걀이 없다

무제

돌 틈에 이름 모를 풀이 자란다

소나무에 이름 모를 새들이 지저귄다

꽃잎에 제목도 없는 시가 자란다

이름 모를 오후가 지나간다

행복의 눈금

사람들은 눈금에 갇혀 살아간다
행복의 무게를 끝없이 저울질하며
티끌만 한 차이에도 마음을 졸인다

자신보다 나은 차이와 비교하던 사람은
티끌만 한 차이를 붙들고 불행을 노래하고
자신보다 못한 차이와 비교하던 사람은
티끌만 한 차이를 발견하고 행복에 겨워한다

행복은 눈금으로 잴 수 없으니
부디
비교의 늪에서 벗어나 자신만의 삶을 살아가기를

들길에 바람처럼

잊고 있었다

그를 잊고 있었다

어느 날 아침,

부고에 적힌 그의 이름

미안하다

멈춘 시간

고요한 밤
나는 어둠 속으로 조용히 스며든다
벽시계의 바늘은 움직임을 멈춘 채 고정되어 있다

오랜 시간
이 순간을 꿈꿔 왔다

멈춘 시간 때문에 세상과의 구별은 흐릿해지고
새로운 아침은 오지 않을 것이다

내가 사는 마을은
시간의 개념이 사라진 우주의 시초로 되돌아갔다

행복한 저녁

아내는 깜박이는 주방 전구를 갈아 끼웠다

나는 TV 리모컨을 고쳤다

오늘은

따뜻한 조명 아래서 아내와 함께하는

행복한 저녁

이면 도로의 풍경

이면 도로를 걷는
사람들의 걸음은 느리고
그들의 어깨 위로 흐린 하늘빛이
보슬보슬 내려온다

모퉁이 작은 카페 주인이
아마릴리스 붉은 꽃 화분을 옆으로 치워
그 자리에 이름 모를 하얀 들꽃 화분을 두었다

들꽃은 갓 이사 온 주민처럼 낯선 존재지만
늙은 카페 주인은 손님 떠난 계단에 앉아
들꽃에 새 이름을 지어 주려 하고

그의 굽어진 허리처럼 휜 이면 도로는
따스한 햇살을 받으며 조용히 오후를 기다린다

성벽을 걷는 여인(수원화성)

조금 전 이별을 마치고 돌아온 여인이 있다
여인은 성벽 아래 샛길을 천천히 걷고 있지만
성벽은 여인이 가는 곳을 알지 못한다

정조가 걸었던 흔적만큼 걸어가던 여인이
세상과 시간에 지쳐 잠시 성벽에 기대면
역사 속에 잠든 성벽에 조명이 비치고
성벽은 정조의 이야기를 느긋이 들려준다

성벽 틈새에 피고 지는 풀꽃은
조명이 꺼지고 아침이 와도 잠들지 않고
마치 영원처럼 깨어 있을 심산이다

대왕이 지나가고 여인이 걸어간 길이라면
시간은 역사가 되어 쌓이고
풀꽃은 지고 또 피어날 테다

무덤덤

인생은 무덤덤하게 사는 거다

슬픔도
기쁨도
결국엔 다 돌려주고

무덤덤하게 떠날 테니까

잔소리

앞뜰 나무에는 짝짓기를 노리는
참새들의 지저귐

주방에는 따스한 아내의 잔소리

곁에 있는 손녀도 한마디
'할아버지 그렇게 하지 마세요'

아휴!
잔소리가 노래하는 우리 집의 하루

거리의 나그네

해 질 녘 거리의 서두르는 사람들 사이에
슬리퍼 끌며 편의점으로 향하는 나의 느린 걸음이
어색할지도 모른다

거리는 뒤엉킨 색채로 빠르게 흐르고
부드러운 석양은 도시 위로 자욱하게 내려앉는다

갓 구운 빵을 사서 집으로 가고 있는 한 남자

작은 우체국 문은 닫히고
우체국 직원도 빵을 품고 집으로 갔을까
아슬아슬한 속도로 골목을 달리는 택시
택시 기사도 빵을 사서 서둘러 집으로 가려는 걸까

엄마를 따라가던 아이가 넘어져
오랜만에 아이의 울음소리가 거리에 울려 퍼진다

덕분에 도시는 여전히 생생하게 살아서 숨을 쉰다

화초의 봄

차디찬 겨울을

견디어 낸 화초가 있다

봄이 와 뽑아내고 예쁜 꽃을 심어야 하는데

망설이는 내 손

　　　　　　　　　　들길에 바람처럼

이웃 사람

앞집 소년이 나에게 다가와 입대 인사를 건네 왔다
풋풋했던 중학생 시절의 기억 속 아이가
이제는 성숙한 청년으로 변해 있었다

언제 시간이 이렇게 흘러간 거지
우리 둘은 그동안 어디에 있었던 거지

앞집과의 거리는 불과 3미터였다

시집

책장 깊은 곳에 잠들어 있던
시집을 꺼냈다
'지난해 당신의 따뜻한 마음에 감사드립니다'
시집은 오래전 그리움을 담아 선물 받은 것이었다

나는 해맑은 아침에
햇살 가득한 방에서
그리움과 고마움으로 가득한 시구를 읊는다

들길에 바람처럼

코로나의 위대함

얼굴은 가려지고 거리는 텅 비어
드디어 우리는 낯선 자아와 마주하게 되었다

성형수술한 얼굴과 화려한 외모는
마스크 속으로 사라지고
돈을 가진 사람들이 돈을 쓰지 못해 고민에 빠졌다

이제는 보여줄 수도 비교할 수도 없는
세상이 되어 버렸다

강요된 평등 속에서 우리는 서로를 바라보며
숨겨진 자아의 진정한 모습을 찾으려 한다

그리고 깨닫는다

조금만 숨기면 평등한 세상인 것을

꿈속 봄빛

베란다에 봄빛이 내려와

데이지, 델피니움, 향기로운 수선화를 심었다

그날 밤 꿈속 세상은 꽃의 천국이었다

푸른 안개의 속삭임

태어나 엄마 품에 안겨 세상을 만나고
친구를 만나고
사람들과 인연을 맺으며 살아왔지만
때로는 홀로 남겨진 텅 빈 공간에
푸른 안개처럼 외로움이 찾아온다

늦은 밤,
나뭇가지에 걸린 둥근 달이 속삭였다

그대여,
외로움에 가슴 시리더라도 불을 끄지 마세요
그리고 잠들지 마세요
외로움은 푸른 안개처럼 찾아오지만
그 안개 속에는 따스한 별빛도 숨어 있답니다

생각하는 지하철

지하철 속에는 수백 개의 생각들이 달려갑니다
흘끗 출입문 흘끗 광고판 흘끗 출입구 흘끗 손잡이,

그러다 흘끗 휴대폰

각각 다른 방향으로 서로 지나치며
잠시 교차하기도 합니다

생각은 고민하고
생각은 눈치 보고
생각은 갈아탑니다

세상의 부유물처럼 생각들은 끊임없이
출입문으로 흘러 나가고
나는 홀로 남았습니다

덩그러니 앉아 있는 나에게 졸음이 밀려옵니다

고요한 외로움

24인치 TV 화면 속에 차들이 밀려 다닌다
도시에 명절이 찾아와 사람들도 밀려 다닌다
아이 울음소리 고양이 울음소리
현관 벨 소리 물 내리는 소리,
모든 소리가 명절에 밀려 다닌다

오래된 냉장고의 웅얼거림도 명절의 소리처럼 들려
플러그를 뽑았다

드디어 도시는 고요함으로 돌아갔다

나는 허전한 고요함에 밀려 40층 옥상으로 올라간다
그리고 고래고래 소리 지른다
나는 외롭지 않다! 나는 고독하지 않다!
도시에는 메아리가 없지만
나는 외롭지 않다고 목이 메도록 외친다

도시의 명절이 끝나고
24인치 TV 화면 속 고속도로가 한가해지고
놀이터에 다시 아이들의 웃음소리가 들리면
나는 이불을 덮고 외친다

나는 혼자라고!

처음 듣는 소리

공원 의자에 앉아 멍하니 세 시간째다
나는 기다릴 아무것도 없다
뭔가를 시도할 계획도 없다
휴대폰을 꺼내 보지만 궁금한 것도 없다

소리,
나뭇잎 부딪히는 소리
멀리서 빵빵거리는 차 소리
하늘을 깨는 헬기 소리
여러 마리의 새 울음소리
고양이 새끼의 엄마 찾는 소리가
새롭게 귀에 들려온다

나는 눈치를 챈다

들길에 바람처럼

이제야 그 소리가 들리는 것은
그동안 내가 소리를 재촉하며 살아왔기 때문이다

멍하니 의자에 앉아 더 기다리다 보면
세상의 속삭임이 들려올 것만 같다

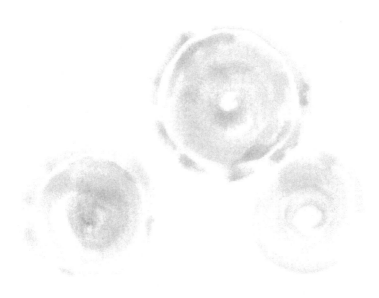

인연

인연을 끊으면
슬픔이 줄어들까

어찌하여
인연의 흔적은
이토록 오래
지워지지 않는 걸까

들길에 바람처럼

새벽이 오면

새벽이 오면
아침이 올 거다

새벽이 오면 필연코 아침이 오듯이
희망도 아침처럼 찾아오더라

살아 보니 그렇더라

외로움

방금 그 사람요
제 친구도 아니고 제 사랑도 아니에요
바람처럼 스쳐가는 사람일 뿐이랍니다

제 생에 바람처럼 스쳐 간 사람이
얼마나 많은지 아세요

제 살결에 피어 있는 외로움을
한번 헤아려 보실래요

들길에 바람처럼

허상

내 눈앞에 펼쳐지는 세상이
꿈처럼 허무하게 느껴진다

태어나면서부터 지금까지 쌓아 온 기억과 사람들
경험했던 일들, 그리고 지나가던 풍경들은
모두 허상이었던 것일까

내가 본 모든 것이
욕망에 사로잡혀 왜곡되었는지도 모른다

오늘 아침,
마음속에 있던 모든 허상을 찬물로 씻어내어
하수구에 흘려보냈다

이제 마지막으로 뉴스만 끄면
나는 드디어 진실한 삶을 살아갈 수 있을 것이다

버림

오늘도 책장에서 책 한 권을
오늘도 베란다에서 화분 하나를
오늘도 옷장에서 옷가지 하나를
버렸다

오늘은 삶의 허울을 세 개나 버렸다

이제 기억의 찌꺼기를 버릴 차례다

그럴 이유는 없어

꼭 행복할 이유는 없어
그럴 필요도 없어
행복하라고 강요할 필요는 너무도 없어

힘들고 슬프고 아프더라도 괜찮아
인생이란 그런 거니까
그런 게 행복이 아니라고 위로할 필요는 없어

먼저 떠난 사람보다 오래 살아야
행복한 건 아니야
먼저 떠났다고 행복하지 않은 건 아니야

꼭 행복해야 할 이유는 없어

지나가더라

그때는 눈앞이 캄캄한 내일뿐이었다
모든 게 끝인 것만 같았다

희망이란 말은 쓰레기통에서 뒹굴고
불안과 절망과 좌절만이 가슴을 가득 채웠다

누군가의 탓이 아닌 세상의 탓이었고
시대의 탓이었다
처음부터 지금처럼 내가 존재하는 탓이었다

하지만 모든 건 지나가더라
슬퍼하고 아파했던 것도 잊혀지더라

마침내 그렇게 지나갈 것을
죽음도 마침내 그렇게 지나갈 것을
죽는 날이 되어서야 우리는 알게 될까

들길에 바람처럼

버스 정류장

처음, 난생처음으로 버스를 기다리는데
나와 관계없는 버스가 무심코 지나간다
버스에는 인간처럼 보이는 존재들이 타고 있는데
우리는 서로를 인식하지 못한다
그들은 나와 다른 존재다

신호등이 바뀌었다
건널목으로 모르는 사람들이 몰려온다
그들 속에서 절망적인 울음소리가 들린다

'살아가는 게 힘들어!'
내가 지르던 소리다

버스에 타고 있는
인간처럼 보이는 존재들도 절규한다
'살아가는 게 너무 힘들어!'

새해 소망

새해 소망을 빌려고 해 뜨는 바닷가를 찾았다

백사장에 맨발로 섰는데
모래알이 발가락 사이로 자꾸만 빠져나간다
새로운 파도가 밀려오면 나머지 모래알도 사라진다
찬란한 태양이 떠오르면
새해란 시간이 한 무더기
깨끗한 모래알처럼 다가오겠지만
그것도 곧 발가락 사이로 사그라질 것이다
바라는 소망에 대답도 없이

결국 사라질 걸 알면서도
사람들은 왜 그토록 애타게 새해란 시간을 기다릴까

오늘도 사람들은
사라지는 모래알에 다시 한번 간절히 소망을 빌어본다

하얀 꽃잎 하나

하얀 꽃잎 하나가
부드러운 바람에 실려
하늘을 향해 나른하게 날아오른다
높이 나른다

내 삶의 껍질처럼
후련히 날아 다오

따뜻한 세상

차갑게 변해 버린 사람들을 슬프게 해
눈물 흘리게 하면
세상이 좀 따뜻해지지 않을까?

나라에서는 슬픈 세상을 만들기 위해
슬픈 음악회를 개최하고 슬픈 꽃을 심었다
하지만 사람들은 쉽게 슬퍼지지 않았다

슬픈 색을 공모했더니 엄마 색이 당첨되었다
엄마가 보고 싶을 때 사람들은
슬프게 눈물 흘린다고 했다
나라에서는 세상의 모든 집과 차, 옷을
엄마 색으로 칠하라고 명령했지만
페인트 회사에서는 엄마 색 페인트를 만들지 못했다

들길에 바람처럼

하지만 제약회사들이 슬픈 약을 개발했다
그런데 약을 먹은 사람들이 슬픔에 잠겨
모두 먼 곳으로 여행을 떠나버렸다
사람들을 슬프게 했지만 세상은 따뜻해지지 않았다

수국

한적한 강변에서 수국 가지를 꺾어와
화분에 심었다
곧 나만의 화분에서 예쁜 수국 꽃이 필 것이다

혹시
나의 생명도 모르는 힘에 꺾여
지금 지구에서 자라고 있는 건 아닐까?
문득 떠오른 생각에 의문이 생겼다

동병상련에 물이라도 듬뿍 주었다

너도 생명이고 나도 생명인데
모가지가 잘려 온 수국은 말이 없었다

시인

내가 하는 일의 가치를
인정해 주기를 바라지 마라
나는 시인이다

타인의 시선으로 평가하지 마라
나는 시인이다

마지막 잎새 앞에서, 두 갈래 길에 서서,
생의 의미 앞에서 고뇌한 적이 있느냐?
오지 않을 것만 같은 새벽을
지치도록 기다려 본 적이 있느냐?

나는 시인이다

지켜 주실 거죠

저를 지켜 주실 거죠
담쟁이는 애원했다

장미는 가시라도 있잖아요
담쟁이는 말했다

인생은 혼자입니다
혼자 갈 수 없으면 길을 나서지 마세요
나는 말했다

하지만 믿어요
나 혼자 힘들어 지치면 지켜 주실 거죠
당신이 있으면 둘이잖아요

두려워하지 마라

10년이든 100년이든
인생 지도는 이미 그려져 있다
지도는 한 장뿐이며 숨겨 두었다

우주가 생길 때부터 그려진 것이다

생의 길을 달리다 넘어져도 일어서도
그것마저 이미 지도에 그려져 있다

인생 지도는 이미 그려져 있으니
아프리카의 누처럼 초원을 달려라

기다리는 마음

냇물이 돌을 동그랗게 다듬을 때까지는
얼마나 오래였을까

돌 틈에 숨은 피리가 나올 때까지
기다리는 두루미는 얼마나 오래였을까

두루미는 알고 있을까
오지 않을 사람을 기다리는 시간이
얼마나 오래인지를

들길에 바람처럼

술친구는 어디 가고

집으로 가는 길에 개업한 곱창집

'대박 나세요'
'내가 돈을 대신 세어 드릴게요'
붉은 화환보다

가게에서 떠드는
손님들이 더 붉게 보인다

오늘 저녁

먼 곳으로 살러 간
술친구 아들이 그립다

물 흐르듯이

물은 낮은 곳으로만 흐르는 것이 아니라
갈 수 있는 곳으로 흐르더라
더 갈 수 없으면 고여만 있을 뿐

물은 천천히 흐르다가 화나면 무서워
앙탈을 부리고 휘젓고 차오르고
그러다가 잠잠해지더라

우리가 물과 같이 살지 않고
물 곁에 사는 까닭은

물 흐르듯이 살고 싶어서일 것이리라

제4장

들길에 바람처럼

꽃반지 기술

이팝나무 하얀 꽃이
눈보라처럼 내리는 날

머리 흰 할아버지가 강변 풀밭에서
다섯 살 손녀에게
토끼풀 꽃반지를 만들어 주고 있었다

예쁜 꽃반지를 선물 받은 아이는
자기도 꽃반지를 만들어 주겠다며
애교 섞인 목소리로 방법을 조른다

시간이 흘러 아이는
어머니가 되고 할머니가 되어
자기 손녀에게도
꽃반지 만드는 기술을 전해 줄 거다

이렇게 꽃반지 만드는 기술은

세대를 거쳐 이어져

할아버지의 사랑으로 영원히 남을 것이다

무지개

찬란한 무지개가 하늘 가득 펼쳐져
손길 스치면 사라질 듯 빛난다

들판에는 메뚜기 떼 날고
인기척에 놀란 토끼 한 마리,
나는 토끼를 따라 뛰고
토끼는 놀라서 더욱 빨리 달린다

무지개는 어느덧 산 너머로 사라지고
메뚜기도 토끼도 무지개도 없는
나는 빈손이다

해 저무는 집으로 돌아가는
나의 어린 날 하루는 무지개를 따라가 버렸다

할머니께서

어둠이 가득한 대나무 숲 깊은 곳에는
천 개의 귀신이 살고 있다고
할머니께서 말씀하셨습니다

대나무 이파리 하나가 떨어지면
하나씩 눈을 뜨고 그들의 세상으로 돌아가는데
앞산에 해가 뜰 때면 모두 떠난다고 하셨습니다

바람이 사나운 겨울밤
오금이 저린 아이는 이불 속에 몸을 숨기고
새벽닭이 울 때까지 잠 못 이루었습니다

좋은 이름

할아버지, 제 이름은 왜 '나무'일까요?
푸른 잎을 가득 피우고
세상을 향해 뻗어 가라는 뜻이야
그런데 어린이집에서는 제 이름을
'나봄'이라고 불러요
봄바람을 타고 새싹을 틔우고 성장하는 나무처럼
아름답게 자라라는 뜻이야

그럼 제 친구 '서우'의 이름은 무슨 뜻일까요?
여름에 내리는 소나기처럼
곡식을 풍성하게 자라게 하고
세상에 도움이 되는 사람이 되라는 뜻이야

할아버지 저도 제 이름처럼 아름답게 자라서
좋은 사람이 될게요

그래

하얀 털 여우

아무도 믿지 못할 놀라운 이야기가 있습니다
할머니가 들려주신 이야기입니다

눈보라 휘몰아치는 겨울밤
산골 초가 마당에는 하얀 털 여우가
울고 있었습니다

매일 밤 찾아오는 허기진 여우에게
겨울 산골 집에는 같이 나눌
식량 한 톨 없었습니다

몇십 년이 흐른 어제
할머니 산소 가는 길 숲속에서
하얀 털 여우를 만났습니다
여우는 이제 배가 고프지 않은 것 같았습니다
들판에는 황금물결이 넘실대고 있었습니다

들길에 바람처럼

낙화

떨어지는 꽃잎 하나

아! 모두 떨어지면 안 되는데

유치원에서 돌아올 손녀 아이에게 보여주기로

약속했는데

손녀 이야기

다섯 살 손녀는 팔씨름을 좋아했다
손녀가 지면 젤리 두 개를 주고
이기면 TV를 보게 해주겠다고 약속했다
TV를 못 보게 하려는 전략이었다
첫 번째 시합에서 손녀는
팔목을 자기 쪽으로 꺾어서 지고 만다
그건 승부 조작이었다

일단 젤리를 확보한 손녀는
다음 판에서 입을 앙다문 채 이기려 한다
땀까지 뻘뻘 흘리며 이기려는
손녀의 치열한 모습에
나는 어쩔 수 없이 져 주어야 한다

가위바위보 게임을 할 때면 또 잔머리를 굴린다
내가 보를 내어 자기가 질 것 같으면
내 손가락 세 개를 접어 가위로 만들어 버린다
내가 주먹을 내면 또 입술을 앙다물고
손가락을 펴게 만든다

손녀는 내일에야 내 곁으로 돌아오는데
벌써 보고 싶다

그날은 멀어져만 가네

고구마 줄기를 잡아당기면
주렁주렁 고구마가 이랑 가득 딸려 와요
고구마 잎사귀에 아침 이슬 맺혀 손이 시리면
가을인 줄 아는 거예요

새벽에 농사일 도우러 간 아이의 마음이 급해요

건너편 산에 아침 해 떠오르면
학교 가는 시간이에요

그때 시골의 아이들은 다 그랬지요

아침에 소파에서 졸다 그때를 그렸습니다

그때가 자꾸만 멀어져 갑니다

들길에 바람처럼

잊은 생일

생각해 보니 그날은 제 생일이었습니다
초등학교 수업이 끝나자마자
바람처럼 집으로 달려갔습니다

아침상에는 분명히
팥밥과 미역국, 작은 조기구이가 있어야 했습니다
식구들은 평소처럼 꽁보리밥과 깍두기였지만
제 밥상은 달라야 했습니다

'아차! 네 생일을 깜박 잊어버렸네'

지금도 지워지지 않는 기억 속에는
어색하게 미소 짓던 어머니의 모습입니다

교통약자석의 후보

65세 생일에 선물 받은
어르신 교통카드로 지하철을 탔다
가슴이 설레었다
네 개의 교통약자석이 비어 있었지만
새내기 어르신이 앉기가 망설여졌다

첫 좌석에 할머니가 편안하게 앉으셨다
지금 앉을까
아직은 어색하다
곁에서 흔들리는 젊은이들의 시선이 느껴진다

두 번째 좌석에 할아버지가 당당하게 앉으신다
마치 그 자리의 주인인 듯 망설임이 없었다

들길에 바람처럼

세 번째 좌석에는 나이를 알 수 없는 남자가
조심스럽게 앉는다
그는 엉덩이를 살짝 걸치며 앉았다
혹시 모르니까 하는 마음 때문일까

마지막 좌석에는 남자 중학생이 털썩 앉는다
그의 행동을 제지하는 사람은 없었다
물론이지, 그는 미래의 주인이니까

그제야 나는 마음이 편안해졌다

삶은 한 조각이다

인생을 너무 걱정하지 말고 살아라
살아갈 것이다
그러다 사는 중에 죽음을 만나면
병으로 전쟁으로 교통사고로 혹은 늙어서,
그러면 자연스럽게 받아들이자
그건 삶의 한 조각이다

누군가 죽어 슬프면 안타까우면 눈물이 나면
가슴이 찢어지게 아프면
그래서 또 그리우면,
그것 역시 삶의 한 조각이다

이 세상에 완전한 모습을 가진 것들이

얼마나 존재하랴

모든 건 조각이다

그 조각들이 모이는 확률이 우주라고 했다

걱정하지 않고 살다가 죽어도

조각들은 확률에 따라

자기에게 맞는 조각을 찾아갈 테니까

방패연

방패연 팔랑팔랑 공중에 날릴 때
내 마음도 구름 따라 함께 오른다

추수 끝난 들녘에 시린 바람 휘몰아치고
귓불은 따갑고 손등은 부르트고
볼은 붉게 물들었다

그때 함께 연 날리던 동네 아이들도
어디선가 시린 바람 맞으며
어른이 되어가고 있을까

토끼몰이

다섯 살 손녀를 무릎에 앉히고
아련한 추억에 젖어 본다

눈이 내린 날이면 아이들은
산이며 들로 토끼를 잡으러 뛰어다녔단다

아이야, 하늘에서 눈이 내리는구나
우리도 이제 산으로 토끼몰이 가 볼까

고마운 아이

세 살 우리 아이가 천재인 줄 알았다

하지만 아이는 천재가 아니었다

착각한 시간 동안 우리는 아이 덕분에 행복했었다

고마운 아이

이제는 너의 모습 그대로

보고만 있을게

위대한 담배를 위하여

전쟁터에서 일터에서 슬픈 이별 앞에서
사람들은 담배를 피웠다
담배는 공포를
담배는 뭉친 근육을
담배는 실연의 아픔을
잊게 해주었다

담배는 화장실로 베란다로
공항 흡연실로 쫓겨 다닌다
술 과식 과로 스트레스도
건강 해침 구역을 만들어
격리하라!

위대했던 담배는 오늘도 숨어서
연기를 피운다

철로 길의 추억

초등학교 3학년 겨울바람은
내 작은 얼굴을 쏘아붙였고
하늘은 꽁꽁 언 거울처럼 차가웠다

하얀 이슬은 겨울 들판에
베일을 씌운 듯했고
차가운 고요는 나의 숨결마저 얼렸다

학교 가는 길 따라 노란 풀이 따스한
철로 길 언덕에 기대어 누우면
햇살은 눈꺼풀을 감싸 안았다

꿈을 꾸었다

　　　　　　　들길에 바람처럼

아차 지각이다!

선생님의 회초리보다
더 차가운 바람이 불어왔다

장례식의 주인공

장례식은 산 자를 위한 것이다

애절한 통곡은 망자를 잊기 위해서
끝없이 찾아오는 문상객은
상주를 위로하기 위해서

그날도 망자는 쓸쓸하다

들길에 바람처럼

좋은 TV

TV에서
좋은 이야기 아름다운 이야기 착한 이야기
사랑하는 이야기만
방송한다면

우리는 행복할 수 있지 않을까

처음부터 나쁜 이야기는 모르고
살았을 테니까

월아산 두방사

기근이 든 어느 해에
월아산 두방사 뒷산에서 도토리를 주웠다

스님에게 들키면 혼이 날 일이었다

다행히 두방사 주지 스님은
사람을 다람쥐로 볼 수 있는 능력을 수련 중이었다

50년이 지난 오늘 두방사를 찾아가
불전함에 시주하였다
주지 스님은 열반해 다람쥐가 되었을까

가을 햇살이 물들어 오는
월아산 두방사 마당에는
토실한 도토리들이 뒹굴고 있었다

노송 한 그루

통도사 가는 길에
노송 한 그루

태풍 때 쓰러지면 베어 내도 좋을 노송
스님들이 힘을 써서 쇠기둥에 칭칭 받쳐 두었다

오늘도 우리는 집착하며 살고 있구나

로또복권을 사는 이유

오늘도 로또복권을 사러 간다

여동생이 아팠는데 세상을 떠났다
아들은 사업을 그만두었다
무료 급식소도 문을 닫았다
이제 로또 당첨금이 필요한 사용처가 없어졌다

로또복권 사용처가 사라진 지갑은 허전하다

미안하다

결혼한 딸이 집에 들른 날 말했다
위장이 아파 고생하고 있다고

미안하구나

너를 잉태할 즈음에
나도 위장이 아팠었단다

번식의 의무

며칠 전 여동생이 세상을 떠났다
그전에 어머니 그전에 아버지 형님이 누나가
친구가 세상을 떠났다

나는 살아남아
아들과 딸과 손자를 낳았다

들길에 바람처럼

도시의 섬

집 밖은 타인의 세상

담벼락에 덩굴장미는 문을 열어주지 않는다

나는 갇혀 버렸다

도시의 섬에

그리움의 창

맞은편 아파트 2312호는
밤새 불이 꺼지지 않는다

오늘 밤이 지나면

잊힐

그리움 때문일까

지하철과 노인

공간을 이동하면 시간은 간다

노인들의 목표는

생의 남은 시간을 빨리 소모하는 것이다

그래서 뛰어야 하는데 체력이 모자란다

대신 지하철을 탄다

보릿고개

붉은 해에 타버린 벼도 붉은색이었다
소년의 마음도 붉게 타들어 갔다

소년은
옹달샘 물을 길어
갈라진 논바닥에 간절하게 부었다

여름 해가 다 질 때까지 부었다

하지만 타버린 벼는 소년의 겨울밤을
배고프게 할 뿐이었다

　　　　　　　　　　　　　들길에 바람처럼

기다림

동반자여!
이제 내 빠름에 맞추지 마세요

지난날 우리가 올라야 할 삶의 고개는 너무나 가파르고
건너야 할 강은 너무나 넓었답니다

모든 게 빠르지 않으면 재촉하지 않으면
이룰 수 없는 삶이었기에
세상을 태풍처럼 달려갔지요

천천히 오세요
삶은 기다리는 것이란걸 이제야 깨달았어요

기다리고 있을게요

언제까지나

단 하나의 추억

단 하나의 추억만 간직하고
살아가는 사람도 있어요

사랑이든 이별이든 성취감이든
가슴 아픈 상처이든 간에
누구나 죽을 때까지 가슴 한편에
날카로운 못처럼 박혀 있는
기억을 가지고 있어요
그 기억을 지우려 애써도 쉽지 않은 일이라
잊으려 애쓰다 보면 오히려
상처를 덧나게 할 수도 있어요

들길에 바람처럼

하지만 시간은 흐르죠
죽을 만큼 아팠던 일들도 결국엔
추억이 될 거예요
시간이 지날수록 점점 희미해지는
흔적이 되어요
결국엔
평생 단 하나의 추억만
간직하고 살아온 사람이 되어요

죽음을 맞으러

죽음은 기다리는 대상이 아니라
그리움으로 맞이하는 손님

죽음은 생의 마지막 모험이자 탐험이다
두려움으로 뒤덮인 죽음을 기다리는 모습은 어둡지만
그리움으로 맞이할 죽음의 모습은 황홀하게 빛난다

언제 죽음이 찾아올지 몰라 전전긍긍하지 않아도
어떻게 죽을지 몰라 고민하지 않아도
죽음은 불현듯 찾아온다
그때 불청객이 아닌 반가운 손님으로 맞이하자
몸을 씻고 주변을 청소해 깨끗한 마음으로 맞이하자

우리는 이미
죽음을 맡겨놓고 태어난 존재들이다

들길에 바람처럼

심장 없는 나무

산속에 나무가 서로 싸우지 않는 것은
아마도 심장이 없어서일 거다

사람도 나무처럼 심장 없이 산다면
세상은 얼마나 평화로울까

또 하루를 더 살아

이제는 그만 떠나야 할까

인생, 뭐라고 그토록 치열하게 살았나
인생, 뭐라고 그토록 아프게 사랑했나
이제는 그만 떠나야 할까

생각해 보면 우리 참 오래도 살았다

아침 해가 떠오르면 창문을 열어야 한다
내일도 아침 해가 떠오르면 창문을 열어야 한다
그러면 우리는 또 하루를 더 오래 살게 될 거다

들길에 바람처럼

내일이 지구의 마지막 날이라면

내일이 지구의 마지막 날이라면
나는 감사할 것이다

내일이 지구의 마지막 날이라면
내가 사랑하는 모든 이들과 함께함에
감사할 것이다

낙엽의 알림

계절이 지나감을 알리는 소식이 오면
푸른 잎은 붉게 물든 옷으로 갈아입고
아름다운 선율을 노래하며 땅으로 내려앉는다

계절이 끝나도 미련을 버리지 못하고
찬란했던 젊은 날의 영광에 연연하는 사람들,

사람들은 낙엽처럼 아름답게 떠날 줄 모른다네

하지만 우리도 곧 삶의 가을을 맞이하면
나뭇잎처럼 아름답게 물들고
향긋한 추억을 남기며 떠날 준비를 해야 한다

들길에 바람처럼

사라진 자주색 꽃

강변 풀숲에 자주색 꽃
너무도 청초해 넋을 잃고 바라보았지
수줍어 고개 숙인 모습에 발걸음 멈출 수 없었네
다시 보러 갔더니 보이지 않는 꽃
아무리 찾아도 보이지 않는 꽃

태풍이 지나간 자리에 무성한 억새만 위세를 부리네
나의 자주색 꽃은 어디로 사라졌을까?
키 큰 억새 사이로 솟아오른 노란 수선화

밉다
꽃을 미워하는 건 처음이었네

어머니의 기억

어머니는 자꾸 생각나지 않는다고 애태우시는데
어머니,
이제 기억할 것은 아파트 비밀번호 하나면 됩니다
만약 비밀번호가 생각나지 않으시면
계단에 가만히 앉아 저를 기다리세요

어머니 늙으신 우리 어머니,
손주 이름을 잊어먹어 안타까워 마세요
할머니 얼굴에 주름만 보고도
아이는 넘어질 듯 뛰어온답니다

어머니 우리 어머니,
늙음이란 기억을 잊어 가는 작업이라고
어머니가 제게 늘 말씀해 주셨답니다

풀꽃의 기적

콘크리트 담벼락 틈새에
외로이 피어 있던 풀꽃 하나
조심조심 구출해 집으로 데려왔네

마른 잔뿌리 시든 잎을 보고
그만 죽은 듯 흐느끼고 말았네

서둘러 화분에 물을 듬뿍 주었지
밤새 걱정에 눈물 흘렸네

그곳이 네가 살아가던 세상이었지
아름답게 살아가던 곳이었지

들길에 바람처럼

깨어나지 못한다면 어떻게 해야 할까
너를 보살피던 바람에 뭐라고 변명할까
그나마 흩날리며 몇 방울 내려 주던
비에게는 또 뭐라고 말할까

새벽이 오기 전에 너를 찾았다
기적이 일어났네
너는 밤새 싱싱하게 살아 있었네

오, 위대한 물! 위대한 H2O!
세상의 모든 생물이여 물의 위대함을 찬양하라!

들길에 바람처럼

들길을 걷는 나의 발걸음은
마치 나그네처럼 낯설고 허전해
지나온 시간을 아쉬워하며 후회에 사로잡힌다.

들길에 부는 바람은 들길에 피고 지는
들꽃의 생을 기억한다
들길에 화사한 바람이 불 때 꽃은 피고 나비는 날았다.
뜨거운 바람일 때 곡식은 영글었고
차가운 바람 불 때마다 우리는 늙어갔다

황혼의 노을을 향해 걸어가는 여행자들에게는
생의 회한이 있다.
그래서 들길을 걸은 사람들은 돌아오지 않는다
들길은 외길이다.

내 생의 이야기는 바람에 속삭인다.
내 생의 영광은 부질없는 것
내 생의 흔적은 바람이 되었고 생의 노래는
바람의 소리가 되었다.

들꽃에 바람처럼 자유롭게 살았고
들길에 나비처럼 사랑하며 살아왔지만
들길에 바람처럼 공중에 흩어지리라